EXPOSÉ

JUSTIFICATIF

POUR

Le sieur RÉVEILLON, Entrepreneur de la manufacture royale de papiers peints, *Fauxbourg Saint-Antoine.*

———————

J'ÉCRIS ceci du fond d'une retraite, qui étoit le seul asyle que je pusse trouver contre les fureurs d'une multitude acharnée contre moi.

Je n'ai dans cette retraite, pour consolation, que la compagnie de deux ou trois amis, qui tremblent encore que leurs assiduités ne me trahissent.

Ma femme, fugitive & errante, obligée de cacher un nom qui lui est cher, n'a d'autre asyle que celui que lui a offert un pasteur vénérable.

A 2

Profcrits enfin tous les deux, en butte à la haine la plus cruelle & la plus injufte, nous ignorons l'un & l'autre la deftinée qui nous attend.

Un nouvel objet de douleur fe joignoit à mes maux : trois cent cinquante ouvriers que ma manufacture fait vivre, près de manquer de pain, ainfi que leurs enfans & leurs femmes, me déchiroient le cœur : leurs cris font parvenus jufqu'à moi ; j'ai oublié un inftant mes malheurs, & je n'ai fongé qu'à ceux qui les menaçoient. J'ai pris, graces aux fecours de mes amis, les précautions néceffaires pour faire continuer les travaux des atteliers.

Libre à préfent de m'occuper de moi, je vais travailler à ma juftification ; quand j'aurai fatisfait à la voix de l'honneur, il fera temps encore de recueillir les débris de ma fortune.

Des ennemis cruels (j'ignore qui ce peut être) ont ofé me peindre au peuple comme un homme barbare, qui évaluois au prix le plus vil les fueurs des malheureux.

Moi, qui ai commencé par vivre du travail de mes mains! Moi, qui sais par ma propre expérience, quand mon cœur ne me l'apprendroit pas, combien le pauvre a de droits à la bienveillance! Moi enfin, qui me souviens & qui me suis toujours fait honneur d'avoir été *ouvrier & journalier*, c'est moi qu'on accuse d'avoir taxé les *ouvriers & les journaliers* à QUINZE SOUS par jour!

Jamais la calomnie n'a été plus injuste, & jamais elle ne m'a paru plus cruelle! Un mot, ce me semble, suffisoit pour me justifier.

De tous les ouvriers qui travaillent dans mes atteliers, la plupart gagnent 30, 35 & 40 sous par jour, plusieurs en ont 50; les moindres en reçoivent 25. Comment donc aurois-je fixé à 15 sous le salaire des Ouvriers (1)? Mais la fureur ne raisonne pas; la calomnie paie d'audace.

____

(1) Il a fallu, m'a-t-on mandé, que l'on supposât, pour m'accuser dans l'esprit du peuple, que j'ai dit ... qui a pu être la cause de son erreur; & l'on ...

(6)

Au reste , je le sens , ce n'est pas une simple dénégation qui peut convaincre ; & quand les gens réflechis qui voudront bien me lire , auroient la bonté de me croire , je ne persuaderois pas la classe de citoyens qu'on a prévenue contre moi. Je ne vois guere que le précis exact , scrupuleux de ma conduite dans mon commerce , qui puisse me justifier ; je vais donc le présenter au public ; sans doute il voudra bien me pardonner ces détails personnels ; ma situation est mon excuse : s'il est permis de parler de soi , c'est quand on est malheureux & irréprochable : les ames sensibles s'intéressent toujours à l'innocent calomnié.

---

porte cette phrase , que « je tâcherai que les ouvriers » puissent vivre avec quinze sous par jour ».

Je suis très-reconnoissant du zele qui a dicté cet écrit, & je le suis plus encore de la démarche des honnêtes citoyens que l'on y nomme, & qui se sont dévoués pour appaiser la multitude; mais je n'ai pas même tenu le propos qu'on dit avoir donné lieu à la méprise du peuple; & il est facile de voir que je n'ai pas pu le tenir; car il ne dépend pas d'un particulier, ni même de l'administration, de faire vivre un ouvrier avec quinz sous par jour; une réduction si considérable dans le prix des denrées, ne dépend de personne.

Il y a précisément quarante-huit ans que j'ai commencé à travailler, comme *ouvrier*, chez un papetier.

Après trois ans d'apprentiffage, je me trouvai, pendant plufieurs jours, *fans pain, fans afyle*, & prefque *fans vétement.* J'étois dans l'état de défefpoir qui eft la fuite d'une fituation fi horrible; je périffois enfin de douleur & d'inanition. Un de mes amis, fils d'un menuifier, me rencontra; il manquoit d'argent, mais il avoit fur lui un outil de fon métier, qu'il vendit pour m'avoir du pain.

Ah! l'homme qui a fi bien connu le malheur, oublie-t-il donc fi aifément les malheureux?

Il s'agiffoit d'avoir de l'ouvrage: l'état de délabrement où je me trouvois n'étoit pas propre à infpirer de la confiance. Le marchand chez qui l'on me préfenta, me repouffa d'abord; il voulut bien enfuite me permettre de refter chez lui pendant quelques jours. Il s'apperçut alors que la mifere ne fuppofe pas toujours l'inconduite. Il me garda ; il s'attacha à moi , & je profitai de ses leçons.

En 1752, je ne gagnois encore que quarante écus par an ; mes économies, quand je quittai le marchand qui m'avoit recueilli, consistoient en *dix-huit francs.*

Rendu à moi-même , je préférai de travailler pour mon compte : j'avois de l'activité & un goût naturel pour les spéculations. Les premieres que je fis ne pouvoient pas être importantes , mais le succès m'en fut bien doux , & j'aime à me le rappeller : l'une me valut la premiere *montre d'argent* que j'aie portée , & l'autre les premiers *cent écus* que j'aie possédés.

C'est ainsi que j'ai commencé.

Bientôt une conduite réguliere , & la sorte d'intelligence qu'on me supposoit , me procurerent l'événement le plus heureux de ma vie. J'obtins le cœur & la main de la femme à laquelle j'ai le bonheur d'appartenir , & dont la possession a été ma plus précieuse fortune dans la prospé-

rité , comme elle fait ma plus douce con-
folation dans mon malheur.

C'eft à la fuite de ce mariage que j'ai
commencé le commerce de papeterie. De
l'économie, de l'activité, de l'exactitude ,
voilà les premiers & prefque les feuls
moyens que j'employai.

En 1760 on commença à fabriquer ,
dans Paris, les papiers veloutés. J'en ven-
dis d'abord ; j'en voulus fabriquer enfuite.
J'avois deux concurrens qui tenoient leur
prix très-haut ; je donnai mes papiers à
moitié moins ; & , par les foins extrêmes
que je portai à la fabrication , j'en fis de
très-fupérieurs.

J'avois dix à douze ouvriers ; mon local
n'en comportoit pas davantage ; mais les
demandes qui fe multiplioient en exigeoient
le double ; je louai alors , dans la vafte
maifon que j'occupe, un emplacement
affez confidérable ; j'y eus fucceffivement 40 , 50 , 60 & jufqu'à 80 ouvriers.

Je profpérois , j'étois eftimé , j'étois

content ; mes *ouvriers* l'étoient auffi ; ils m'aimoient : je me trouvois heureux.

Mais je n'avois pas fongé aux tracafferies de la jaloufie & au defpotifme des communautés. Je ne tardai pas à en éprouver l'animofité ou l'humeur. Plufieurs corps prétendirent, tour-à-tour, que j'envahiffois leurs droits, & il fe trouvoit toujours que, foit une partie de ma manufacture, foit une autre, étoit une ufurpation ; le moindre outil que j'imaginois ou que j'employois, n'étoit plus à moi ; c'étoit l'outil d'une manufacture ; la moindre idée que j'exécutois, étoit un vol fait aux *imprimeurs*, aux *graveurs*, aux *tapiffiers*, &c. &c.

Des magiftrats & des adminiftrateurs également éclairés, me débarrafferent de ces entraves ; je continuai à perfectionner mes ouvrages ; & aidé par le zele & l'attachement de mes *ouvriers*, je parvins à obtenir de nouveaux fuccès.

C'eft vers cette époque que j'achetai la maifon que j'habite, & *qui depuis*. . . .

Mais *alors* elle me préfentoit la pefpec-
tive la plus flatteufe. Un terrein de cinq
arpens m'offroit un emplacement propre
pour les atteliers immenfes que je projet-
tois. J'y voyois d'avance un peuple d'*ouvriers* occupés, nourris par moi, & fe-
condant mes travaux; je me complaifois
dans cette idée, & je fongeois qu'en tra-
vaillant à ma fortune, je procurois du
pain à deux cents familles.

Pour me dévouer exclufivement à cette
manufacture, devenue l'objet chéri de
mon ambition, je facrifiai un commerce
de papeterie que j'avois dans Paris, &
qui me rapportoit 25 à 30,000 livres de
rente.

Je fis préfent de ce commerce à **deux**
ouvriers qui étoient avec moi depuis long-
temps, & auxquels je connoiffois de la
conduite & de l'intelligence : car j'ai toujours chéri & récompenfé en eux la fageffe
& le mérite.

Il manquoit cependant quelque chofe à
ma fatisfaction.

Je ne trouvois pas, dans le papier qui se faisoit alors, les qualités que je desirois pour la fabrication de mes papiers peints. Je sus qu'il y avoit une papeterie à Courtalin, près de Farmoutiers, qui appartenoit à une veuve, mere de famille, pleine d'activité & d'intelligence, mais qui manquoit de moyens pécuniaires. J'achetai cette papeterie. J'eus le bonheur en même-temps d'être utile à l'ancienne propriétaire. Elle étoit très - embarrassée dans ses affaires ; je me chargeai de les finir ; j'y parvins à force de patience & de démarches. Je fis ensuite voyager ses enfans à mes frais pour les instruire dans l'art de la papeterie. Alors la manufacture de Courtalin reprit vigueur & devint une des meilleures du royaume. J'y fabriquai des papiers *vélin*, à l'imitation des Anglois. Cet heureux essai me valut l'honneur du prix institué par M. Necker pour *l'encouragement des arts utiles*.

Ce prix m'étoit d'autant plus agréable qu'il fut assez public dans le temps, que je ne l'avois pas demandé, ni personne pour moi.

Je lus avec tranfport , & j'ai relu bien
fouvent depuis , ces mots-ci , gravés fur
l'exergue de la médaille :

Artis & Induftriæ præmium datum Joanni-Baptiftæ
Réveillon , anno 1785.

Hélas ! cette même médaille , ce prix fi
flatteur de mes travaux , il m'a été volé
dans mon défaftre. Il y avoit à côté 500
louis d'or , qui m'ont été volés auffi. Ah!
je le dis du fond de mon cœur , j'euffe peu
regretté cette fomme , fi ma médaille m'é-
toit reftée.

Enflammé par ce titre de gloire , je me
flattai d'arracher bientôt aux *Hollandois*
le commerce de leurs papiers , comme
j'avois enlevé aux *Anglois* celui des papiers
peints.

Je me fis cependant un devoir de rendre
cette papeterie , dans l'état brillant où elle
étoit , à la mere de famille eftimable qui
en étoit d'abord propriétaire ; mais je lui
demandai , & elle m'accorda la permiffion
d'y conferver une forte d'infpection ; j'y

laissai mes fonds. J'ai veillé depuis sur cet établissement qui m'étoit cher ; & une idée qui me le rend plus cher encore, c'est que j'y nourris tous les jours quarante familles d'*ouvriers*.

Plus libre cependant de me livrer à ma manufacture de Paris, je lui donnai un nouvel essor.

Sans avoir une connoissance approfondie des arts, sans être ni dessinateur, ni graveur, ni chymiste, je formai bien réellement des chymistes, des dessinateurs & des graveurs ; c'est-à-dire, je les engageai, par mes observations, à appliquer leurs talens à la perfection de ma manufacture.

Mes nouveaux succès exciterent encore la jalousie. Un réglement parut, qui étoit destructeur de l'industrie, & qui me faisoit à moi sur-tout un tort irréparable. Les magistrats furent bientôt désabusés ; ils eurent la bonté de visiter ma manufacture. Le reglement fut supprimé.

De mon côté, pour me mettre une

bonne fois à l'abri des perſécutions, j'obtins, pour mon établiſſement, le titre de *manufacture royale*.

C'eſt alors que j'ai vraiment goûté le bonheur ; j'ai joui de cette ſatisfaction inexprimable, qu'éprouve un homme honnête, laborieux, qui s'eſt créé lui-même, qui n'eſt pas inſenſible à l'eſpece de gloire dont ſont accompagnés les travaux utiles, qui ſur-tout voit autour de lui une foule de ſes ſemblables, dont il eſt le bienfaiteur, qu'il ſauve, par le travail, des dangers de l'oiſiveté, & qu'il garantit de l'indigence par les fruits du travail.

Plus de 300 ouvriers (1) ſont journellement dans mes atteliers, & reçoivent, comme je l'ai obſervé, un ſalaire plus ou moins conſidérable.

J'en ai de quatre claſſes.

La premiere eſt celle des *deſſinateurs* & des *graveurs*, qui ſont plutôt, ſans doute, mes collaborateurs que mes gagiſtes. Ils

---

(1) Les autres ſont occupés en ville.

gagnent de cinquante à cent ſous par jour.

La ſeconde claſſe, compoſée des *impri-meurs*, des *fonceurs*, des *menuiſiers*, reçoit depuis 30 juſqu'à 50 ſous. Quelques-uns, mais très-peu, n'ont que 25 ſous.

La troiſieme claſſe conſiſte dans les *por-teurs*, *broyeurs*, *emballeurs*, *balayeurs*, qui gagnent de 25 à 30 ſols.

La quatrieme claſſe, ce ſont les enfans depuis 12 ans juſqu'à 15. Car j'ai voulu m'arranger pour tirer auſſi parti de leurs ſervices, & être utile par-là à leurs peres & meres. Ils gagnent 8, 10, 12 & 15 ſous.

Chacune de ces claſſes a encore des gratifications annuelles, réglées ſur le ſa-laire des ouvriers, & proportionnées à leur zele.

Enfin les peintres forment une claſſe ſé-parée, qui travaille par *piece*, & qui peut gagner de 6 à 9 liv. par jour.

Il est encore une autre espece d'ouvriers, qui sont les *coleurs* ; il y a trois
chefs dans cette classe, qui chacun occu-
pent dans Paris huit à dix ouvriers par jour,
& ces ouvriers gagnent 40, 50 s., & quelquefois 3 liv.

Un artiste très-distingué a bien voulu
s'attacher à ma manufacture, & recevoir
annuellement, pour prix de ses talens,
10,000 livres d'honoraires, indépendam-
ment d'autres avantages : j'occupe en outre un dessinateur qui a 3000 liv. avec le
logement ; un autre qui a 2000 livres, &
trois autres qui ont chacun 1200 livres de
fixe, sans les gratifications ; enfin, sur cinq
commis, j'en ai dont les appointemens sont
de cent louis.

En un mot, en prix de *main-d'œuvre*,
je paie tous les ans 200,000 livres au
moins.

J'ai su établir, dans la classe des ouvriers
le meilleur ordre & la discipline la plus
exacte, sans que leur attachement pour moi
en ait diminué. Il ne se passe parmi eux aucun scandale, point de querelles, point
d'indécence, point d'inconduite.

Quant aux enfans, j'ai soin qu'il leur

B

refte affez de temps pour affifter aux inf-
tructions religieufes de leur âge.

De même auffi, je permets aux ouvriers proteftans de travailler les jours de
fêtes.

Chaque ouvrier, chez moi, eft sûr de
fon avancement en proportion de fon intelligence & de fon zèle; auffi la plupart
vieilliffent-ils dans mes atteliers; ils favent
que je m'empreffe, quand ils fe font attachés à moi, de les fecourir dans leurs
infirmités, & de les aider dans leurs be-
foins.

Je crois leur en avoir donné, l'hiver
dernier, une preuve qu'ils n'oublieront
point. Pendant une partie des froids, les
travaux des atteliers fupérieurs furent fuf-
pendus. Je gardai TOUS *les ouvriers fans
exception;* je leur payai leurs journées
le même prix qu'auparavant; j'ufai des
précautions les plus minutieufes pour
qu'aucun d'eux ne fouffrît des rigueurs
de la faifon.

Je ne veux point, au refte, qu'on me
fache gré de cette conduite; je fais que
le public a la bonté de la citer comme un
acte de bienfaifance; je la regarde, moi,
comme un acte de devoir, & je me ferois
cru très-coupable d'agir différemment.

(19)

Mais devois-je m'attendre que trois mois
après, le peuple me traiteroit comme
un homme féroce & insensible aux mi-
feres du pauvre ? devois-je m'attendre
qu'il recueilleroit avec tant d'avidité les
calomnies répandues fur mon compte,
par des ennemis méchans & vindicatifs ?
que l'ami, le pere des *ouvriers*, feroit
traité comme leur plus barbare ennemi ?
& que le propriétaire de cette manufacture, où tant d'*ouvriers* trouvent leur fub-
fiftance, feroit fubitement en butte à la
haine & aux fureurs de quatre mille *ouvriers* ?

Les miens font innocens; ah ! je me
hâte de le dire, ils me connoiffent trop
bien, ils font trop honnêtes (1), & ils me
font trop attachés ! Que ne leur eût-il

------

(1) Un de mes ouvriers a trouvé, dans les débris
du pillage, quatre billets de la caiffe d'efcompte, dont
trois de 1000 liv. chacun, & un de 200 liv. il les a
remis auffi-tôt à la perfonne chargée de ma caiffe.

Un autre a trouvé auffi de l'argent épars, & l'a remis
de même.

Le premier de ces ouvriers fe nomme *Rohard*, & l'autre
Pagé ; car il eft jufte qu'ils foient connus.

été possible de me défendre! La maison qui faisoit mes délices ne présenteroit pas aujourd'hui le spectacle affreux de la désolation. Mais que pouvoient-ils, sans armes, contre une multitude armée, ivre & furieuse?

Au reste, je le dis bien sincérement, je n'en veux point au peuple, malgré les maux qu'il m'a faits ; il a été entraîné ; mais combien sont criminels & punissables les gens qui l'ont porté à ces affreux excès !

Encore une fois! j'ignore, ou je ne puis pas dire précisément quelle bouche impure a soufflé la rage dans le cœur de tous ces *malheureux* ; mais je sais qu'on a ourdi avec artifice les calomnies qui les ont égarés, je sais qu'on les a échauffés graduellement ; je sais qu'on a été me dépeindre par-tout à eux comme l'ami de la noblesse ; je sais qu'on m'a supposé auprès d'eux l'ambition du *cordon de Saint-Michel* ; je sais qu'on leur a distribué de l'argent ; je sais qu'on a fini par leur dire que je voulois que les ouvriers ne gagnassent que *QUINZE SOUS par jour*.

L'effet n'a que trop bien répondu à l'attente des calomniateurs.

En un instant mon nom est voué à l'exécration publique ; il est répété avec horreur dans tout le quartier que j'habite, il retentit bientôt dans Paris avec les épithetes les plus injurieuses ; le peuple me met au rang des plus infames scélérats ; il vient chez moi pour me déchirer. Honoré alors de la fonction d'*électeur* j'étois à l'archevêché : j'échappe à ces furieux ; mais ils se vengent d'abord sur l'effigie dérisoire qu'ils imaginent pour me désigner : ils la décorent du même *cordon* qu'on leur a dit que j'ambitionnois : ils le suspendent à un monument d'infamie qu'ils portent en triomphe dans une partie de Paris. Ils viennent aussi-tôt pour dévaster & brûler ma maison ; ils l'annoncent hautement. La présence de la garde les intimide ; ils disent que le lendemain ils reviendront armés : ils tiennent parole, & à midi ils reparoissent.

En vain une garde nombreuse est appellée pour me défendre. En sa présence même ils enfoncent mes portes, ils se répandent dans mes jardins , & ils fe livrent alors à un excès de rage qu'il eft impoffible de concevoir. Ils allument trois feux différens, dans lefquels ils jettent fucceffivement mes effets les plus précieux, & enfuite tous mes meubles, fans en excepter un, mes provifions mêmes (1), mon linge, mes voitures, mes regiftres (2).

N'ayant plus rien à brûler, ils fe jettent fur les décorations intérieures de mes appartemens : ils brifent toutes les portes, toutes les boiferies, tous les chaffis des fenêtres ; ils mettent en morceaux ou plutôt en pouffiere toutes mes glaces ; ils enlevent les chambranles de marbre de toutes les cheminées, & les brifent auffi ; ils arrachent même jufqu'à des rampes de fer ; enfin, joignant la baffeffe à la fureur, ils m'emportent une grande partie de mon argent.

Et pour comble de malheur, ils commettent les mêmes excès chez mon loca-

_____

(1) Jufqu'aux volailles que je nourriffois.

(2) Hors un qui a été fauvé , tous ceux que j'avois depuis trente ans ont été brûlés.

taire & mon ami, le ſieur de la Chaume (1).

En un mot, on m'aſſure que le ſpectacle de cette dévaſtation peut ſeul en donner l'idée.

Cet accès de rage a duré pendant près de deux heures ; alors les troupes, qu'ils avoient eux-mêmes la hardieſſe d'attaquer, ont tiré ſur ces furieux, & ils ſe ſont diſ-ſipés.

Ainſi, ſous le prétexte d'un propos que je n'ai ni tenu ni pu tenir, j'ai été en un inſtant écraſé d'infortunes.

Une perte immenſe (2), une maiſon

---

(1) Les effets de ceux de mes commis qui logent chez moi, ceux même de mes domeſtiques, rien n'a été excepté.

(2) Il m'eſt encore impoſſible d'évaluer exactement cette perte, d'après les apperçus qu'on me donne ; voici au reſte le tableau qu'on m'en a fait paſſer.

J'ai perdu :

Ma Médaille d'or.

Cinq cents louis en or.

Beaucoup d'argent comptant.

De l'argenterie.

Tous mes titres de propriété.

7 à 8,000 liv. de billets.

10 à 12,000 liv. de deſſins précieux & d'eſtampes choiſies.

dont je faifois mes délices, & qui préfente par-tout l'image de la défolation, mon crédit ébranlé, ma manufacture détruite, peut-être, faute des capitaux néceffaires pour la foutenir; mais fur-tout (& c'eft ce coup qui m'accable), mon nom qui a été voué à l'infamie, mon nom qui eft abhorré parmi la claffe du peuple la plus chere à mon cœur : voilà les fuites horribles de la calomnie répandue contre moi. Ah ! ennemis barbares ! qui que vous foyez, vous devez être fatisfaits !

Et cependant, quels font mes torts ? On vient de le voir ; je n'ai jamais nui à perfonne, même aux méchans. J'ai quelquefois fait des ingrats, mais jamais des malheureux.

Signé RÉVEILLON.

Quinze mille francs de glaces.

Cinquante mille francs de meubles.

Quarante mille francs, dont 30,000 liv. environ en papiers de la manufacture de Courtalin, & plus de 10,000 liv. en *rouleaux* de mes magafins, en *carmin*, en *papiers peints*, &c.

J'ai en outre pour 50 à 60,000 liv. de réparations à faire ; & fi je voulois rétablir ma maifon dans l'état où elle étoit, j'en aurois pour cinquante mille écus.